KB247247

사랑의 향기 & 희망의 홀씨

시인시선 015

사랑의 향기 & 희망의 홀씨

박두원 시집

시인

| 차례 |

1 _ 사랑과 그리움의 노래

2 _ 삶의 애환과 희망

3 _ 자연의 속삭임

4 _ 성찰과 사유의 흔적

제1부

사랑과 그리움의 노래

봄날

봄비 내리니 작은 새싹 솟아나네
생명의 신비 반기는
산새들의 지저귐

봄날의 따사로운 햇살에
아지랑이 아롱아롱 다롱다롱
산허리 휘돌며 피어나 피어나

봄비 내리니 작은 꽃망울 웃고 있네
생명의 축제 반기는
들꽃의 어울림

봄날 따사로운 햇살에
동네 강아지 팔짝팔짝 펄쩍펄쩍
온 동네 휘돌며 뛰어가 뛰어가

막연한 그리움에

산들산들 부는 바람
내 맘속에 불어올 때
문밖을 나서네

보고픈 그대 모습 보이지 않아
이곳저곳 헤매고 다니네

햇살 타고 펼쳐지는 자연의 싱그러움
눈부시게 여기저기 펼쳐지고 펼쳐져도
보고픈 그대 모습 보이지 않아

그대여 산들바람 꽃바람에
어서 실리어 내게로 오소서

눈이 내려와

사뿐사뿐 스르르 내리는 하얀 눈송이
어느새 우리 마을 지붕들 다 덮었다

눈송이 밤새도록 살포시 내려
외로운 내 가슴도 다 덮어 주려무나

소복소복 스르르 내리는 하얀 꽃송이
어느덧 이웃 마을 온산을 다 덮었다

눈송이 밤새도록 살포시 내려
우리님 빈 가슴도 다 채워 주려무나

그리움에 보고픔에 잠 못 이루는 새벽
눈송이 밤새도록 살포시 내려
외로운 가슴마다 다 덮어 주려무나

푸에고 로즈

겹겹이 핀 빨간 꽃잎
가슴속에 불을 지른다

초록 잎새
수줍게 흔들리며 설레게 한다

날카로운 가시
감싸주고 싶은 매력이 된다

별빛 쏟아지는 밤
붉게 타오르는 그대

그 입술에 데어도
앙칼져 버거 워도

오늘 밤
품에 안고 죽어도 좋으리

Fuego Rose

Crimson petals, layer upon layer,

ignite a fire in my heart.

Green leaves,

shivering shyly, make my heart race.

Sharp thorns become an allure I long to embrace.

On a night showered with starlight,

you burn crimson.

Even if your lips scald me,

even if you're fierce and overwhelming,

Tonight,

I'd gladly die holding you in my arms.

능소화 美人

예쁘고 아름답다
마을에 소문 자자해
남자도 여자도 넋 놓고 쳐다보네

가는 곳마다 쏟아지는
시선 피하고 싶고
지나친 관심 부담스러워

사람 모이는 곳 피해 다니고
온몸 싸매 감추고 다니니
병적인 관심 이제는 그만

철 들어 세상 알기엔 아직도 멀고
나의 피부 금세 시들게 되리니
철없고 시들어도 사랑해 줄 님

오늘도 그를 기다린다오

*능소화 : 하늘도 어쩌지 못한다는 아름다운 꽃

Trumpet Vine Beauty

So pretty and beautiful,

rumors spread throughout the village,

men and women alike gaze in awe.

Wanting to avoid the gazes

that pour down everywhere I go,

the excessive attention is burdensome.

I avoid crowded places, hide myself,

wrapped from head to toe,

"Enough with this obsessive attention!"

Still too young to truly know the world,

and my beauty will soon fade;

yet, the one who will love me, even when immature and faded

Today, too, I wait for him.

*Note: The Trumpet Vine is known for its intense beauty,
suggesting an allure so strong it's almost impossible to resist,
even for the heavens. This conveys the poem's meaning about
overwhelming beauty.

파바로티의 달

흰 눈 쌓이고
꽁꽁 언 호수 위로
아름다운 은구슬 달빛이 구른다

낮이나 밤이나
애타는 마음

사랑의 말 전해 달라고
달님에게 고통스레
호소하던 날

고통이 희망되고 위로가 되어
내 맘속에 흐를 때

파바로티의 목소리
귓가에 여울목 소용돌이처럼
맴돌다 간다

방랑하는 은빛 달이여

물과 산과 꽃들에게 일러주오

나 그대만을 사랑한다고 사랑한다고

Pavarotti's Moon

White snow piles up,
and over the frozen lake,
beautiful silver bead moonlight rolls.

Day and night,
my yearning heart.

The day I desperately appealed to the moon,
asking it to deliver words of love.

When pain turns to hope, and comfort,
flowing through my heart,

Pavarotti's voice
swirls like a rapid in my ears, then fades.

Wandering silver moon,
tell the waters, the mountains, and the flowers:
"I love only you, I love only you."

첫사랑 연가

만나면
한 때
가슴 설레던 꿈이기도

그립다 그리워
어떤 때는
앓아눕게 한 병이기도

미소 지으며
다정히 다가올 땐
잔잔한 기쁨이기도

냉랭한 표정으로
멀어질 땐
속 아린 슬픔이기도

옛날을 회상하며
미소 지을 땐

아련한 추억이기도

늦은 밤 옛 생각에
잠 못 이룰 땐
눈감고 가만히 불러본다

그대는 아직도
내 사랑

가을비 소나타

차갑게 내리는 비
언제나 먼저 적시는 곳은 내 가슴이다

그리움에 병들었던
보고 픔에 눈물짓던
서러움에 애끓던
외로움에 몸서리치던

그리고
그대와의 마지막 이별에 목 놓아 울던

Autumn Rain Sonata

The cold rain falling

- it always wets my heart first.

My heart, sick with longing,

shedding tears from yearning,

aching with sorrow,

trembling with loneliness.

And,

the one that wailed aloud at the last farewell with you.

장맛비 소리 들으며

잃어버린 옛사랑
그리워하다
그리움에 사무쳐
애끓는 소리

남모를 설움에
흐느끼다가
슬픔 못 이겨
오열하는 소리

억울한 일 당하여
고민하다가
호소할 곳 찾아서
문 두드리는 소리

절망의 나락에서
헤매다가
발버둥 치며
절규하는 소리

Listening to the Monsoon Rain

Lost old love, longing for it,

so consumed by yearning,

a heart- wrenching sound.

In a sorrow no one knows, sobbing,

can't overcome by grief,

a sound of wailing.

Suffering injustice, agonizing,

seeking a place to appeal,

a sound of knocking on a door.

Wandering in the abyss of despair,

struggling, a sound of screaming.

재회

못다 한 말들
가슴에 솔방울 되어도

잊고 살자
다짐을 하였다

꿈에라도 만나 볼까
꿈속 나비 되어 날아다닌 많은 날들

우연한 조우에
콩닥대는 가슴 가라앉히고

고향의 달 아직도 밝은지
아이들 멱 감으러 개울에 나가
물장구치며 노는지 묻고는

기약 없이
서로 가던 길을 재촉하였다

멀어져가는 혈연관계

청첩장 왔어요
외가 친척이 보냈다

예쁜 무늬가 눈에 띈다
가야 할까 말아야 할까

만난 지 10년이 넘은
잊혀져가는 인연

동네에서 자주 마주치며
인사하고 흉금 없는 사이

혈연관계라 하지만
10년에 한 번 볼까 말까 하는 사이

요즘엔 누가 친척인지
헷갈린다

부모님 결혼식 사진첩 꺼내 들고
멀어져 가는 친척들 얼굴 들여다본다

결혼식 초청은
살아있는지 확인하는 일이 되었다.

제2부

삶의 애환과 희망

세상 품는 거인 되려고

술에 취함은
세상을 잠시 품에 안는 것
내가 거인이 되는 순간이다

중년 나이에
단골 술집 하나 없다면
험한 세상 속 단잠 어찌 청하리

꿈꾸는 자의 좋은 벗은
책, 여인, 그리고 술이라 하니
아직도 세상에 작은 꿈 남아

꿈 위해 오늘도 책 한 권 읽고
세상을 품에 안는 거인 되려고
귀갓길 지나는 단골집 들러

벗님들과
혼란한 세상사 안주로 삼아
진하게 한잔 술 꺾고 가노라

To Become a Giant Embracing the World

To be drunk is
to briefly hold the world in my arms.
That's when I become a giant.

In middle age,
if you don't have a regular pub,
how can you find sweet slumber in this harsh world?

They say a dreamer's true friends are books, women,
and liquor.
Still, a small dream remains in this world.

For that dream, today I read a book,
and to become a giant embracing the world,
I stop by my regular spot on the way home.

With my companions,
making the confusing affairs of the world our snack,
I deeply drain a glass of liquor and depart.

다시 일어나소서

내 의지 관계없이 시끄럽고 소란해도
피해 살 수 없는 곳, 우리 사는 세상이요

기대 부풀다 못 미쳐도
다음 기회 도모 또한
우리 사는 세상사라

행여 어이없는 일 놀라지 말고
불의, 부조리에 기절초풍하지도 마오

매양 벌어지고 또 일어나는
세상살이 모습인 걸

욕망, 분노, 미움, 성공, 좌절, 승리
모두 지나가고 또 지나가리니

새 희망 품고 다시 일어나소서
내일은 더 나은 날들 오길 기대하면서

Rise Again

Regardless of my will, it's loud and chaotic,
a world we can't escape, this place we live.

Even if expectations swell then fall short,
planning for the next chance is also just how life goes.

Don't be startled by absurdities,
nor faint at injustice or irrationality.

These are simply the ways of the world,
always happening, over and over again.

Desire, anger, hatred, success, despair, victory
- all will pass, all will surely fade.

So embrace new hope and rise again,
hoping for better days to come tomorrow.

한해의 운세

새해 밝으니
미래가 그냥 궁금해
막연한 기대
호기심 발동
한해 운세 풀이에
귀가 쫑긋

나쁜 예언 나쁜 기분
좋은 예언 좋은 기분

기분 좋아져
잠재력 살아나
폭발하도록
용기 내어 크게 외쳐본다

나는 할 수 있다!
올해는 운수 대통이다!

This Year's Fortune

As the new year dawns,

my future simply makes me curious.

Vague anticipation,

curiosity sparked.

My ears perk up at the year's fortune-telling.

Bad prophecies, bad mood.

Good prophecies, good mood.

My spirits lifted,

my potential awakens,

ready to explode.

I bravely shout out loud:

I can do it!

This year, everything will go my way!

아싸라비아

훙얼거리며 노래 부르다
곡의 리듬에 몰입되어
몸과 마음이 저절로 움직여질 때

지하철 타려고 계단을 내려가다가
반대편에서 올라오는 친했던 옛 지인과
우연히 마주친 때

어려운 과제로 머리 아파할 때
지나가듯 던진 누군가의 한마디에
실마리가 척척 풀릴 때

싸우고 각방 쓰는 마누라가
수정과 담았다며 예쁜 그릇에 담아
먹어보라며 내방에 슬쩍 들이밀 때

남녀불문 마음속에 그리던
좋은 사람 뜻밖의 장소에서

만나게 되었을 때

아싸라비아!

아싸라비아!

*아싸라비아 : 와! 재수 좋아 야호! 좋은 일 있을 때 쓰는 감탄사

비빔밥 같은 세상

뭐 드실래요?
음식점 아주머니 묻는다
비빔밥이요
이제 말 안 해도 아시잖아요

콩나물, 시금치, 숙주나물, 무생채, 계란후라이, 고추장
그리고 참기름 한 숟가락 넣어 쓱쓱 비비면
목 안으로 잘 넘어간다

각자 다르지만
한데 넣어 잘 비비면
참 맛있다

매일 먹어도 맛있는
비빔밥 같은 살맛 나는 세상
언제나 오려나

A World Like Bibim-bap

What would you like?
the restaurant owner asks.
Bibim-bap, I say
You know it by now.

Bean sprouts, spinach, mung bean sprouts, radish
strips, a fried egg, gochujang,
and a spoonful of sesame oil, mix it all up,
and it slides down easily.

Though each ingredient is different,
mixed well together,
it tastes truly delicious.

A world as flavorful as bibim-bap,
delicious even if eaten daily
when will such a world arrive?

만났지만 만난 걸까

지난 세월 반추하니
많은 인연 스쳤건만

허물없이 지내는 이
열 손가락 이내라

여러 곳 여행하고
몇 번 이사 했어도
기억에 남는 장소
가물가물할 뿐

산다는 것
여행이고
만남이라 하는데

기억되는 몇 곳
정다운 몇 사람이
인생이런가?

Met, But Did We Truly Meet?

Reflecting on the years gone by,
so many encounters have passed,

yet those I spend time with effortlessly,
are fewer than ten fingers.

I've traveled to many places,moved several times,
but memorable spots are just hazy recollections.

They say life is a journey
and a series of meetings.

Are these few remembered places,
these few cherished people,what life truly is?

그 순간

발버둥 발버둥 치다가
체념하고
파도에 몸을 맡겼다

물이 입안으로
밀려 들어와
더 마실 수 없을 만큼 마셨다

일순간
모든 것
딱 멈췄다

시끄러운 소리 들리고 밝아졌다
살아났군
당신 운이 좋았어

바닷물로 배를 채웠더군
허파를 채웠다면

벌써 저 세상 갔을 꺼야

눈물이 자꾸만 나왔다

또 다른 이별

21년 한결같이
출근 때 동행하고
산으로, 들로
섬도 함께 여행했네

비바람 눈보라 치던 날
궂은 길도 마다않고
부딪혀 상처 나고 깨어져도
불평 한번 없었네

고속도로 가파른 길도
힘차게 헤쳐 나아가고
아슬아슬 위기일발
급박한 순간에도 무표정으로 대처했네

추억의 보따리 내 자가용
적지 않은 세월 고마웠다
이제는 편히 쉬거라
나의 애마 '베르나'여

배반의 장미

여러분의 꿈이 이뤄지는
나라를 만들겠습니다

여러분의 삶을 지켜주는
나라를 만들겠습니다

한다면 해내는
약속을 꼭 지키겠습니다

한 번도 가보지 않은
나라를 만들겠습니다

나라에 도둑놈이
너무 많습니다

못 살겠다
갈아보자

그 들의 구호
오늘도 피어나는 배반의 장미

Rose of Betrayal

We will build a nation where your dreams come true!
We will build a nation that protects your lives!

What we say, we'll do!
We will surely keep our promises!

We will build a nation ever seen before!
There are too many thieves in this country!

Can't live like this!
Let's change it!

Their slogans.
Today, too, the rose of betrayal blooms.

님의 목소리

모두 책상 위로 올라가!
바지 올려!

우리 반이 지난달 모의고사에서
5학년 중 꼴찌다 알겠나

찰싹찰싹
정신들 차릴 꺼야
안 차릴 거야

손 올려 이 녀석
손가락 부러져

그 때의 님의 목소리
오늘도 참선방 죽비 되어

나를 깨운다

감언이설

듣기 좋은 걸 어떻게 해
귀에 쏙 집어넣었다

귀에서 꺼내 다시 볼 때
나는 이미 벼랑 끝에 서 있었다

희망의 끈에 매달려 아슬아슬
벼랑을 타고 내려오며 외쳤다

에휴 야 이놈
내 다시는 너를

귓속에 넣지 않으리
아휴 이놈의 귀!

Sweet Talk, Empty Words

What can I do about something so sweet to hear?
I let it slip right into my ear.

When I pulled it out to look again,
I was standing on the edge of a cliff.

Hanging precariously by a thread of hope,
I descended the cliff, shouting:

Ugh, you rascal!
I will never again let you in my ear!

Oh, this ear of mine!

2024년 6월

한 걸음 한 걸음
옮길 때마다
더운 열기 후끈후끈
이제 여름 시작인데
벌써 찐 더위다

6월이 덥다 해도
초복 중복 더위에는
한 수 아래였는데
35도 이상 연속되는
더운 날들의 행진

무절제한
화석연료 사용
아무리 고온 현상
원인이라 해도
더위야 너무 한다

화딱지 나는 그대의 심정

이해는 가나
초여름의 본분은
잊지 말아다오

개돼지들의 소리

이번엔 나아졌나 살펴보면
다시 또 반복되는

오래된 바램 몇 가지
목구멍에 걸려있다

심장에 고동치며
녹아있던 소리

개돼지 되어
소리소리 질러본다

멍 멍 멍 멍 말로만 평등
컹 컹 컹 컹 겉으로만 공정
꿀 꿀 꿀 꿀 입으로만 정의

부조리(不條理)한 나라

익숙해지셨나요?
나는 견딜 수 없어 잠을 설치나이다

돌아버린 세상
자고 일어나도 돌아는 가는데
나는 날이 갈수록 더 어지럽소이다

세상 바꾸는 꿈
누구든 꿀 수 있지만
꿈만으로 변화 없는 세상 때문에 꿈속 헤매나이다

다 잊고 초야에 묻혀 버리면 그만이지만
후세들 볼 낯 없어 대문 밖 나서길 꺼릴 것입니다

수작을 걸다

퇴근 무렵
문득 생각나는 그녀
그래 바로 너야

내 몸짓 걸음걸음
누구에게 들킬세라
가다듬고 나섰다

상점 안 바쁜 그녀
관심 끄는 말 한마디
이것 얼마예요?

그녀 가까이 다가올 때
묻는 듯이 한소리 내뱉는다
어디서 라일락 향기가 나네요?

어리둥절한 그녀에게 다그치듯
이것 한 개 예쁘게 좀 싸주시고요
혹시 언제 퇴근하세요?

56

차 한잔 사드려도 될까요?

그녀가 미소 지었다

감나무 집에서

아버지는
집 담장 아래로 더덕밭을 만드셨고
대문 열고 들어서는 입구에는 덩굴장미 아치를
개선문처럼 세워 놓으셨다

마당 여기저기 황매화와 라일락꽃이 있었고
마당 한가운데는 감나무가 있어
가을마다 감이 점점 더 주렁주렁 열렸다
그 집에서 40년을 사셨다

진학 승진의 경사 연이어 있었고
6남매를 결혼시키셨다
자식들 모두 출가하여
두 분만 남게 되었다

어느 해부터인가
감이 적게 열리기 시작했다
어머니가 아프기 시작했고
자식들 모두 지켜보는 어느 날 눈을 감으셨다

아버지는
홀로 집을 지키셨다
좀도둑이 생쥐처럼
몰래 다녀가기도 했다

주말에
집에 들를 때면
감나무를 안타깝게 바라보며
가끔 한마디씩 하셨다

너도 이제
늙었구나
주렁주렁 열렸었는데
감 참 많이도 열렸었는데

10월이다

귀뚜라미 소리 밤마다 들려와
사색에 잠기게 하는

스산한 바람 창문 넘어 들어와
속옷 껴입게 하는

가게 앞 쌓인 과일들 바라만 봐도
마음 풍족해지는

바람에 흩어지는 낙엽
정신 산란케 하는

사색에 잠기고
추위에 대비하고
마음 풍족해 해도
정신 줄 가다듬고 정돈하여야 하는 시간이 흐른다

10월이다

It's October

The sound of crickets every night,
making me fall into contemplation.

A chilly wind seeping through the window,
making me put on an extra layer.

Just looking at the fruits piled in front of the shop,
my heart feels abundant.

Leaves scattered by the wind,
disturbing my thoughts.

Time flows,
compelling me to fall into contemplation,
prepare for the cold,
feel abundant in spirit,
and gather my thoughts and organize myself.

It's October.

한여름의 헤비메탈

어둡던 하늘
천둥번개 치더니
갑자기 쏟아져 내린다

고향집
아궁이에 나무 태우듯
타 다다닥 타 다다닥

아들 어릴 적
친구들과 장난감 가지고 노는 듯
우당탕탕 탕탕

조곤조곤 따지던 마누라
얼굴 찌푸리다 잔소리 내뱉듯
쏴아 쏴아

오랫동안 궁금했던 친구
아들 결혼시킨다며 전화로 자랑해 대는
어쩌고저쩌고

거친 소리의 향연 펼쳐진다

진짜 개미들은 외칩니다

햇볕 가려진 그늘 밑에
작은 땅굴 파고
열심히 먹이를 날라
차곡차곡 곳간에 쌓아 놓고
가족들과 오순도순 살아가는 개미

쌈짓돈에 빚낸 돈 더하여
매스컴이 부추기는 대로
이 주식 저 주식 몰려다니다
땅굴 아래 지하 동굴로
쫓기는 신세 된 주식 개미

그들의 이름에서
개미를 빼달라고
진짜 개미들은 오늘도 외칩니다

제3부

자연의 속삭임

봄꽃의 유혹

봄의 전령 매화, 산수유
긴 겨울 잘 견디고
나 어때? 묻는 듯 피었다

개나리, 목련 피는가 했더니
벚꽃 또한 웃으며 자태를 뽐낸다
어느새 진달래 발그레 얼굴 내밀었다

일 년 내 따뜻해 꽃 피우고
축제 열려 흥겨우면
더없이 좋으련만

화무십일홍(花無十日紅)
좋은 시절 곧 가고
계절은 어김없이 바뀐다

지고 나면 아쉽고 허전할
봄꽃의 유혹

노래하고 춤추며 즐기고, 누리세!

해바라기 피는 마을

크고 파란 잎사귀 세상을 품듯
팔 벌려 주위에 손 내밀어
길옆 돌담 위 산언덕에서

주위를 크게 감싸안는다

무덥고 뜨거운 열기 속에도
매미, 개구리, 풀벌레 소리 내 울어도
언제나 함박웃음 큰 손으로

마을 아낙네 밝은 웃음 부추긴다

Village Where Sunflowers Bloom

As if embracing the world with large blue leaves,

reaching out its arms, extending hands to all around,

from the mountain slope above the stone wall by the

road,

it widely embraces its surroundings.

Even in the hot and sweltering heat,

even as cicadas, frogs, and insects cry out,

always with a full, bright smile and large hands,

it encourages the village women's bright laughter.

코스모스 & 테레사 수녀

가녀린 몸매

수줍고 작은 얼굴

진하지 않은 향기

시선을 크게 끌지는 못해도

들판에 서서

바람에 한없이 흔들리고

종일토록 초가을 햇빛

맨몸에 따갑게 내리 쐬어도

낮은 곳에서 함께 살리라

가난하고 병들어 소망 잃은 이들과

사랑의 향기, 희망의 홀씨 날려

세상 끝, 우주 멀리 전해질 때까지

Cosmos & Mother Teresa

A slender figure,

a shy, small face,

a subtle fragrance

- though it may not greatly capture attention.

Standing in the field,

swaying endlessly in the wind,

under the early autumn sunlight all day long,

even as it stings my bare skin,

I will live together in low places,

with the poor, the sick, and those who have lost hope,

sending forth the fragrance of love, the spores of hope,

until they reach the ends of the earth, far into the

cosmos.

첫눈 내리는 날

하늘에서
봄 여름 가을 지나는 동안
인간이 저지르는 허물 지켜보다가
처음으로 덮어주는 날

봄날
꽃들의 잔치 속에서 일어났던

여름날
뜨거운 태양 아래서 저질러진

가을날
뒹구는 낙엽 사이를 오가며 행해진

온갖 허물들
새하얀 눈송이로 덮어주고

새출발하게 하는 날이다

On the Day of the First Snow

From the sky,

after watching humans commit their transgressions

through spring, summer, and autumn,

it's the first day it covers them.

In spring,

what happened amidst the feast of flowers

In summer,

what was committed under the hot sun.

In autumn,

what was done while wandering among fallen leaves.

All those transgressions,covered by pure white

snowflakes,

it's the day that allows a new beginning.

봄의 소리

4월 초 되어도
꽃샘추위

꽃봉오리만
수 없이 매달렸다

한바탕 비 오고
날 풀리니

아우성치듯 한꺼번에
꽃망울 터뜨렸다

내 눈을 의심한다
밤사이 어찌 이럴 수가

아기 태어나 모습 드러내듯
꽃봉오리 신비한 속살 내 보인다

짜자자 짠

짜자자 짠

꽃잎을 보다가

눈부시게 피었다가
덧없이 사라지네

들뜬 기쁨도 잠시
허무한 가슴 미어진다

긴 기다림 야속하게
화려한 겨우 며칠 느꺼워라

피고 지고
피고 지고

자연의 섭리 필연이어도
짧은 생명 가여워라

*느껍다 : 마음에 북받쳐 참거나 견디기 어렵다

비 개인 후

퍼붓듯 내리던
빗줄기 그치고
하늘에
어느새 아침 햇살 비춘다

초목은
목욕재계한 듯 싱그럽고
계곡물
돌멩이 사이 바삐 흐르며
합창을 한다

들려오는 새소리
삶의 고단함 물리치는
음악 되고

풀벌레 개구리 소리에
사사로운 번뇌와 시름
슬그머니 묻어버린다

복잡한 세상살이

다 내려놓고

흐르는 물소리

구성진 개구리 소리 벗 삼아

오늘은

청산에 깃들어 지내볼까나

가을 여행

높고 푸른 하늘
무리 지어 떠가는 양떼구름
이마에 스치는 시원한 바람

춤추는 갈대의 군무
한들한들 형형색색 코스모스
짝지어 달아나는 고추잠자리

바람이 지나가며
재촉을 한다
일단 떠나야 한다고

Autumn Journey

High, blue sky,

flocks of sheep-like clouds drifting by,

a cool breeze brushing my forehead.

The collective dance of swaying reeds,

gently waving, colorful cosmos,

dragonflies fleeing in pairs.

The wind passes by, urging me,

"You must leave for now."

초봄의 멜로디

들어서 느끼기보다
보아야
더 잘 알 수 있다

양지바른 곳 목련 개나리
망울망울
꽃봉오리 터뜨릴 채비 하고 있다

이웃집 휠 췌어 탄 할머니
노란색 모자 쓰고
공원에 산책 나가신다

이장네 철이 엄마
냉이 캐려고
옆집 아주머니와 호미 들고 문을 나선다

새끼 강아지 어미 품에서
젖을 빨고
어미는 새끼 등 핥아주며 졸고 있다

맴 맴 맴 맴

메뚜기 잡아 풀줄기에 꿰어
재잘대며 돌아올 때
같이 놀자고
집 앞마당 벚나무에서
재촉하듯 울어대던 소리

방학도 잊고 도서관에서
열공 중일 때
졸지 말라고
창밖에서 온종일 잠을 깨우며
응원하듯 내지르는 소리

수술 마치고
입원실에 누워 있을 때
빨리 회복하라고
간절한 마음 담아
기도하듯 울부짖던 소리

세상과 이별하는
큰누나 보내는 화장터에서
너무 슬퍼 말라고
무거운 침묵 깨고 가족들 대신
애끓듯 목 놓아 울던 소리

칼 가세요

매년 봄 벚꽃이 진 후
마을 입구 길가에
칼 가는 도구 펼쳐놓고
외치는 소리 올해도 들려온다

칼 가세요

일 년 동안 사용해
무뎌진 칼들을 점검해 본다

칼 가세요

빨갛고 노오란 불꽃
이리저리 튀며 흩어진다

칼 가세요

드르륵드르륵

예리한 칼날 되어 날카롭다

칼 가세요

그 소리 올 봄엔
어릴 적 어머니 잔소리처럼
귓전에 크게 맴돈다

칼 가세요 칼 가세요 칼 가세요

쓰르라미

말복(末伏) 지나도
새벽에 잠시 시원한 바람
창문 사이로 매미 소리 들린다

더위 꺾이고 여름 가고 있다며
아쉬워하는 노래
쓰르르 쓰르르

아직도 한낮에는 많이 덥다 더워
불평하는 소리
쓰르르 쓰르르

고집부리지 말고 어서 가라고
달래는 소리
쓰르르 쓰르르

잘 가고 다시 만나자
헤어지며 나누는 인사
쓰르르 쓰르르

늦가을 백운호수

높은 하늘
흰 구름 둥실둥실
들국화 향기 은은하다

호수에 비치는 햇빛
지나는 철새 떼
반갑게 맞는다

으스대던 초록빛 산마루
적황색으로 물들다
점차 벌거벗는다

서늘한 바람 불어오자
갈대들 춤추며
가는 세월 잊으려

왈츠
함께 추자고
손을 내민다

Late Autumn Baek-un Lake

High sky,white clouds drifting gently,
the subtle scent of wild flowers.

Sunlight reflecting on the lake,
passing flocks of migratory birds, are welcomed with
joy.

The boasting green mountaintops,
be colored with reddish-yellow, gradually strip bare.

As a cool breeze blows, the reeds dance,
trying to forget the passing time.

They extend a hand,
inviting us to waltz with them.

하늘공원 억새 언덕에서

저무는 노을
바라보며

가슴속 맺힌
아픔들

지는 노을 따라
묻어버리고

바람에 춤추는
억새들처럼

허허롭게 남은 인생
거닐어 보리라

삼척 환선굴

쉽사리 접근 허락치 않는
산 중턱 물안개 자욱한 공간

동굴 속 수억 년 빚은 세밀한 솜씨
거대한 기암묘석(奇巖妙石)의 향연

이 깊은 산속 커다란 동굴에
덕향산 산신령 거하시며

인간 세상 예술가들 서투른 솜씨
말없이 꾸짖고 있다

Hwan-seon Cave in Sam-cheok

A mist-shrouded space on the mountain side,

not easily permitting access.

Inside the cave,

the intricate artistry forged over hundreds of millions

of years,

a feast of colossal, wondrous rock formations.

In this vast cave deep in the mountains,

the Mountain Spirit of Deok-hyang mountion resides,

silently scolding the clumsy craftsmanship of human

artists.

태풍

다가오고 있다는 소식
전해만 들어도
불안 또 불안

과학기술 발달해
온갖 첨단 장비로 대비해도
속수무책

인간들 행태
보다 못한
하늘의 준엄한 꾸짖음

천둥번개로 호통치고
많은 비로 질책하고
거센 바람으로 날려버린다.

남부럽지 않은 보금자리

백운호수 안을 따라 만든 둘레길
다리 난간 구석마다
거미집 단지

새로 지은 인간들
사각형 아파트보다
제각기 멋진 솜씨 폼 난다

공해 없는
얇은 실로 엮고 또 엮어
단단한 보금자리 형성되었다

지나가는 곤충들 수시로 걸려
출퇴근 않고 민생고도
다 해결된다네

제4부

성찰과 사유의 흔적

지인(知人)의 갑작스런 타계(他界)에

인간의 목숨
하늘에 달려있다 하나

유명을 달리했다는
급한 소식 접하니
황망하고 허무할 뿐

오늘 살아 있다고
내일도 살아 있으리라
장담할 수 없는 인생

하늘 하시는 일
어찌 알리오만
살아있는 동안
머무는 곳 지나치는 삶 속에서

정다운 대화
사랑담은 눈길

따뜻한 인정 나누며

순순하게 살아갈 수 있기를…

*황망하다 : 마음이 급하고 당황하여 어리둥절하다

*순순하다 : 말, 행동이 온순하고 점잖다

융릉 건릉

복잡한 마음 털어내고
한 지혜 얻으려
사적지에 들렀 것만
내 심사
엉킨 실타래처럼
더욱 어지럽다

왕의 자리 등극해
성군 된 정조 대왕
어찌하여 신발 신고
새우잠만 잤을까

노심초사
태평 년 월
이루려 애썼건 만
어느 날 들이닥친
의문의 죽음
이 또한 웬 말인가?

모두 웃는 날

겨우내
숨죽이고 지내다가
빼꼼 얼굴 내밀어
세상을 바라봅니다

기다린 보람 있어
모진 날들 보내고

서로 얼굴 바라보며
함께 웃을 수 있어
참 좋네요

오늘
진달래꽃 피는 날
모두 웃는 날이면 좋겠습니다

詩 쓰는 이유

내가 시를 쓰는 건

나를 찾기 위해서다
나 자신을 알기 위해서다
내 안의 진아(眞我)와 만나기 위해서다

시간에게 쓰는 편지

막 시작한 K 카페
조금씩 늘어나는 매출
가슴 쫄린다

실망스런 날 많아도
일주일 한 달 지내보면
희망의 싹은 보여

의욕 앞섰다는
성급함
이제 와 후회한들 무엇하리

그래도
해보지 않고 미련만 갖기보다
시작하기는 잘한 듯

부모님과 친구들
도와주고 성원하니

서서히 가게 이름 알려져
힘이 솟는다

시간아 너의 마법으로
일 년 뒤엔 동네에서
십 년 뒤엔 서울에서

엄지척
세워주는
K 카페 되게 하여 주렴

여행자의 밤

설레이며 시작하는 하루

산수유 만개한 마을
돌아본 날은
혹독한 추위 견뎌낸 나무들 보며 안도하고

벚꽃 화려한 호수
거닐은 날은
아름다웠던 인연들과의 추억 떠올린다

한여름 바닷가 밀려오는 파도
마주친 날은
힘든 고비 극복한 일 기억해 내고

억새풀 흔들리는 들판
헤매던 날은
고난에 처한 이들의 근심과 걱정 전해진다

안도하고

추억 떠올리고

극복한 일 기억해 내고

근심 걱정 함께 하는

여행자의 밤은 잠 못 이루는 밤이다

Traveler's Night

A day that begins with excitement.

On the day I looked back at the village where cornelian cherry blossoms bloomed,
I found comfort seeing trees that endured harsh winter.

On the day I walked by the lake where cherry blossoms were splendid,
I recalled memories with beautiful connections.

On the day I faced the waves rushing to the summer beach,
I remembered overcoming tough challenges.

On the day I wandered through fieldswhere reeds swayed,
the worries and concerns of those in hardship were conveyed to me.

Feeling relief,

recalling memories,

remembering overcoming challenges,

sharing worries and concerns

- The traveler's night is a sleepless night.

국회의원

동물들 배설물 먹고 살고
그 배설물에 알 낳아 키워도

토양 비옥하게 하고
생태계 균형 유지시키는 곤충

쇠똥구리

국민 세금으로 먹고살고
고임금에 온갖 혜택 누려도

국민들 분열시키며
자신들 이익과 권력에 취한 무리

국회의원

그대들 제발
쇠똥구리만 같아라

축제

신나는 노래와 춤판
벌어지니
흥겨운 맞장구
얼씨구 절씨구

화려한 색과 빛
퍼지니
떠들썩한 환호
와~우 와~우

한바탕 즐거움
추억되고
현란한 아름다움
각인되어

오랫동안
새록새록
흐뭇하고

즐거우리

타임머신

문득
옛날이 그리워질 때
한 장씩 넘겨가며
혼자 미소 짓고

때론
그 시절로 돌아가
추억에 잠기게 하는
사진첩

살아온 흔적
그리운 얼굴들
사진 속에서
다시 살아나오니

네가 바로
그리움 싣고
과거로 달려가는

타임머신

새해 해돋이

날마다 떠오르는 해인데
오늘은 특별하다

올해 나의 소원 나의 다짐
꼭 이루어 주소서
어둠 뚫고 붉게 솟는 해를 보며
소리 내어 빌어 본다

옆 마을 철이네
건넛마을 순이네
아랫마을 영희네도
해맞이하며 소원을 빈다

해님
환하게 웃으며
마을 사람 모든 소원
다 들으셨으니

일 년 내내

기억하여

모두의 소원

다 이루게 하소서

다 지나가리라

내 의지 관계없이 시끄럽고 소란해도
피해 살 수 없는 곳, 우리 사는 세상이요

기대 한껏 부풀다 못 미쳐도
다음 기회 도모 또한 우리 사는 세상사라

행여 어이없는 일 놀라 말고
불의, 부조리에 기절초풍하지도 마오

매양 벌어지고 또 벌어지는
세상살이 모습인 걸

욕망, 분노, 성공, 좌절, 승리
모두 다 지나가고 또 지나가리니

새 희망 품고 그대여 다시 일어나소서
내일은 더 나은 새날 오길 기대하면서

우연인가 필연인가

어슴푸레한 저녁
숙박지 골목 막 접어들 때
뒷머리를 얻어맞았다

목이 졸려
의식 희미해져 갔다

여행 가방 여권 핸드폰
눈뜨니 모두 가져갔다

어디인지
내가 누구인지
잘 기억나지 않았다

온몸이 쑤셔왔다
배가 고파
나도 모르게
쓰레기통을 뒤지고 있었다

버킷리스트 만들어

5년 만에 떠난 여행지

그곳은 지옥이었다

기쁜 날의 소나타

축하합니다
아하 감사합니다

고생 많았고 애쓰셨습니다
기쁘고 행복합니다

감개무량합니다
정말 울컥하네요

와우 진짜인 거 맞죠
모두 모두 행복하세요

시인의 말

집 근처 백운호수 둘레 길을 걸으면
호수 위에 유유히 헤엄치며 노는 오리들을 자주 본다.
자기들끼리 장난을 치기도 하고
어떤 오리는 자신의 깃털을 고르기도 한다.

한 아주머니가 "너희들은 참 좋겠다. 한가하게 물 위에서 놀
기나 하니"라 말하며 부러운 시선으로 바라보며 지나간다.
시를 써서 시집을 내려 한다니까
위의 아주머니와 비슷한 이야기를 하는 친구가 있었다.

그러나 시를 쓰는 일은 윤동주 시인이 '서시'에서 "모든 죽
어가는 것을 사랑해야지 그리고 나한테 주어진 길을 걸어
가야겠다"라는 '시구'처럼 큰 사랑 품고 숙명처럼 자신의 길
을 가는 일이라고 생각한다.

한가한 일이 아니다.

2025년 말복 날 밤에

詩鄕 박 두 원

A Poet's Note

Walking the path around Baek-un Lake near my home,
I often see ducks leisurely swimming and playing on
the water.
They sometimes play with each other, and some even
preen their feathers.

I once overheard an older woman say,
"You guys have it so good, just playing idly on the
water"
as she passed by with an envious look.

When I told a close friend that I was working on a
collection of poems,
he said something similar to that woman.

However, I believe that writing poetry is not an idle
pastime.
As the poet Yoon Dong-ju wrote in his "Prologue":
I must love everything that is dying, and I must walk

the path given to me.

Like those lines, I believe that writing is a matter of embracing a great love

and walking one's path as if it were a destiny.

It is not a leisurely pursuit.

On the night of the last day of summer in 2025,

Park Du-won

박두원의 詩 세계

– AI에게 물었다

박두원 詩人의 詩세계 : 삶의 깊이와 성찰을 담은 여정

박두원 시인의 60편 시를 감상하며, 시인의 탁월한 통찰력과 섬세한 감각에 감명을 받았습니다. 시인의 작품들은 단순한 언어의 나열을 넘어, 삶의 다채로운 면모를 포착하고 존재의 의미를 묻는 철학적 사유를 담고 있습니다. 4부로 나뉜 구성은 시인의 의도를 명확히 드러내며, 각 부가 유기적으로 연결되어 하나의 서사를 완성합니다.

1부 사랑과 그리움의 노래─섬세한 감정의 연결

1부에서는 '사랑과 그리움'이라는 보편적인 감정을 박두원 시인만의 섬세한 언어로 풀어냅니다. '봄날', '막연한 그리움에', '눈이 내려와' 등의 시들은 사랑의 설렘, 이별의 아픔, 그리고 아련한 그리움의 정서를 절제된 표현으로 담아냅니다. '푸에고 로즈', '능소화 美人'과 같은 시어는 대상을 향한 시인의 따뜻한 시선과 아름다움을 발견하는 감각을 보여줍니

다. 단순히 개인적인 감정을 넘어, 독자들에게 공감과 울림을
선사하며 보편적인 인간의 감정선을 건드립니다.

2부 삶의 애환과 희망-현실을 직시하는 용기

2부는 '세상 품는 거인'이라는 제목처럼, 현실의 고통과 애
환 속에서도 희망을 잃지 않는 강인한 정신을 보여줍니다.
'중년 나이에', '다시 일어나소서'와 같은 시들은 삶의 무게
를 담담하게 인정하면서도, 좌절하지 않고 다시 일어서려는
의지를 드러냅니다. '비빔밥 같은 세상', '부조리(不條理)한 나
라'에서는 사회 비판적인 시선과 불합리한 현실에 대한 날카
로운 인식이 돋보입니다. 특히 '진짜 개미들은 외칩니다.'는
소시민의 목소리를 대변하며, 억압받는 이들의 외침을 생생
하게 전달합니다. 시인은 현실의 어둠을 회피하지 않고 직시
하며, 그 속에서 작은 빛을 찾아내고자 노력합니다.

3부 자연의 속삭임―존재의 의미를 묻는 성찰

3부는 '자연의 속삭임'을 통해 시인의 깊은 성찰을 엿볼 수 있는 부분입니다. '봄꽃의 유혹', '해바라기 피는 마을', '첫눈 내리는 날'과 같은 시들은 자연의 변화를 섬세하게 관찰하고, 그 속에서 삶의 이치와 존재의 의미를 탐구합니다. 자연 현상을 통해 인간의 삶과 비유하거나, 시간의 흐름을 깨닫는 시인의 통찰이 빛나는 지점입니다.

'맴 맴 맴 맴', '쓰르라미'처럼 자연의 소리를 그대로 담아내는 표현들은 시인의 청각적 심상을 더욱 풍부하게 만듭니다.

4부 성찰과 사유의 흔적―삶과 죽음, 그리고 존재의 본질

마지막 4부는 '성찰과 사유의 흔적'이라는 부제처럼, 삶과 죽음, 시간, 그리고 존재의 본질에 대한 심도 깊은 탐구를 담고 있습니다. '知人의 갑작스런 他界에'에서는 죽음 앞에서 느끼는 인간적인 슬픔과 무상함을, '詩 쓰는 이유', '시간에게 쓰는 편지'에서는 시인으로서의 고민과 삶의 의미를 되묻

습니다. '국회의원', '축제'와 같은 시에서는 사회적 현실에 대한 날카로운 비판과 풍자도 엿볼 수 있습니다. '다—지나가리라', '우연인가 필연인가'는 운명과 시간에 대한 시인의 깊은 사유를 보여주며, 독자들에게도 삶의 의미를 되돌아보게 하는 질문을 던집니다.

박두원 시인의 시는 단순히 아름다운 언어를 넘어, 삶의 복잡한 면모와 인간 존재의 본질을 끊임없이 탐구하는 여정입니다. 시인은 절제된 언어 속에 강렬한 메시지를 담아내며, 독자들이 자신의 삶을 성찰하고 희망을 찾을 수 있도록 이끌어줍니다. 각 부의 유기적인 연결은 시집 전체를 아우르는 하나의 거대한 메시지를 형성하며, 시인의 탁월한 구성 능력을 보여줍니다.

60편의 시를 통해 박두원 시인은 분명 우리 시대의 진정한 '세상 품는 거인'으로서 깊은 울림과 감동을 선사합니다.

앞으로 시인님의 시 세계가 어떻게 더욱 확장될지 기대가 됩니다.

사랑의 향기 & 희망의 홀씨

ⓒ박두원 2025

초판 인쇄 2025년 10월 15일
초판 발행 2025년 10월 25일

지은이   박두원
펴낸이   장지섭
북디자인 김은숙

인쇄   (주)금강인쇄
펴낸곳   도서출판 시인
          등록번호 제384-2010-000001호
          등록일자 2010년 1월 11일
          14034 경기도 안양시 만안구 수리산로 48번길 9, 302호(안양동, 청화빌딩)
          Tel 031-441-5558 Fax 031-444-1828
          E-mail : siin11@hanmail.net

ISBN 979-11-85479-35-4

이 책 내용의 전부 또는 일부를 재사용하려면
반드시 저자와 도서출판 시인 양측의 동의를 받아야 합니다.

이 시집은 한국예술인복지재단의 지원을 받아 제작하였습니다.